KB176395

푸른사상
시선

66

숲 거울

차 옥 혜 시집

푸른사상
PRUNSASANG

푸른사상 시선 66

숲 거울

인쇄 · 2016년 6월 3일 | 발행 · 2016년 6월 8일

지은이 · 차옥혜
펴낸이 · 한봉숙
펴낸곳 · 푸른사상
주간 · 맹문재 | 편집 · 지순이 | 교정 · 김수란

등록 · 1999년 7월 8일 제2－2876호
주소 · 경기도 파주시 회동길337－16(서패동)
대표전화 · 031) 955－9111(2) | 팩시밀리 · 031) 955－9114
이메일 · prun21c@hanmail.net / prunsasang@naver.com
홈페이지 · http://www.prun21c.com

ⓒ 차옥혜, 2016

ISBN 979－11－308－0655－6 04810
ISBN 978－89－5640－765－4 04810 (세트)

값 8,000원

숲 거울

어려서부터 나무와 풀을 좋아한 나는 오래전부터 작고 작은 숲 하나 낳아 길렀다. 그런데 어느 때부터인가 그 숲이 오히려 나를 기르기 시작했다. 숲은 나에게 때로는 어머니, 스승, 친구, 애인, 자식이 되어주기도 하고 나와 세계를 환히 비추어주기도 한다.

사랑만으로 세계를 통일한 숲이 나에게 걸어온 말은, 생명을 가진 모든 존재를 향한 끝없는 사랑의 고백이며, 지구 구석구석에 평화를 간구하는 기도다. 숲은 날로 자신의 몸이 파괴되고 지구 환경이 피폐해지는 현실을 탄식하고 걱정한다.

숲의 모든 길은 세상을 향하고 있다. 숲은 상처받은 세계를, 모든 생명을, 끌어안아주고 싶어 항상 두 팔을 활짝 열고 있다.

숲의 눈빛 마음 말은 내게로 와 시가 되었다.

시선집들을 뺀 열한 번째 시집을 묶는다.

2016. 3
차옥혜

■ 시인의 말

제1부 **나무와 풀은**
사랑만으로 세계를 통일했다

제2부 길에 나를 두고 떠나고

제3부 자유로 가는 길은 왜 그리 먼가

제4부 그립고 그리운 말씀

제1부

나무와 풀은
사랑만으로 세계를 통일했다

감나무의 그리움

새싹 내밀며 기다렸다

꽃 피우며 꽃잎 흩날리며 기다렸다

잎새 반짝이며 기다렸다

열매 맺어 붉도록 기다렸다

기다려도 기다려도 그리움은 오지 않아
단풍잎 바람 길로 그리움 찾아 떠돌다
가랑잎 땅 길로 그리움 찾아 헤매다
바스라지고 으깨졌다

홍시 눈물 뚝뚝 떨어졌다

잊자 잊자 마음 다잡아도 끝내 못 잊어
빈 가지 가득 눈꽃 피워놓고 기다린다

숲 거울

숲에 들면

내가 보인다

앞만 보이지 않고 뒤도 보인다

현실만 보이지 않고 과거도 미래도 보인다

현상만 보이지 않고 숨은 것도 보인다

죽은 목숨들의 영혼도 보인다

바위, 흙, 하늘, 구름, 바람, 계곡물의

마음도 보인다

세상을 등지려고 숲 거울에 든 그 사람은

자신을 에워싼 수백 송이 달맞이꽃이

밤새워 꽃 문을 여는 것을 보고

세상으로 돌아갔다

어떤 사람은 숲 거울에 비친 자신의 모습이

앞은 약한 짐승을 쫓는 맹수이고

뒤는 벼락 맞은 나무인 것을 보고

아예 숲 거울에 자리를 펴고 도인이 되었다

나는 숲 거울에서 지금 무엇을 보는가
앞은 더덕이고 뒤는 나비인 나
뿌리와 날개가 대지와 하늘이 맞서
안개가 낀다

나무와 풀은 사랑만으로 세계를 통일했다

나무와 풀은 오래전부터 세계를 통일했다

대륙과 대륙, 나라와 나라, 마을과 마을

너와 나

경계를 모른다

내 나라 민들레 유채 목련 개나리 튤립……

세계 곳곳에서 봄날이면 꽃 피고

우리 마을 소나무 전나무 잣나무……

세계 곳곳에서 사철 푸르다

움직이지 못해도

나무는 숲을 이루고

풀은 초원을 이루어

사람과 동물을 품고 키우며 마을을 이룬다

나무와 풀은

제자리를 지키면서도

씨앗을 바람에 태워

씨앗은 산을 넘고 바다를 날아

오직 사랑만으로

세계를 통일했다

숲에서 숲으로 초원에서 초원으로

천년 숲 속을 걷고 걸으니
나는 천년 나무
광활한 초원을 바라보고 바라보니
나는 광활한 초원

숲과 초원이 기르는 아름다운
사람, 마을, 도시
사람이 가꾸는 아름다운
숲, 초원, 꽃밭

생명과 생명이 사랑으로 껴안는 곳
맑고 깨끗한 하늘과 땅이 눈 뜨는 곳
사람이 꽃이고 꽃이 사람인 곳
숲, 초원, 꽃의 나라

숲과 사람과 초원에
고이고 고이는 평화와 꿈
흐르고 흐르는 생명의 강

밥에는 탈출구가 없구나

산이 잘려나가 마을로 내려온
까치와 산비둘기가 씨앗을 쏙쏙 빼 먹고
고라니와 토끼가 콩과 고구마 잎을 똑똑 따 먹어
멧돼지가 고구마를 푹푹 파먹어
사람과 나무와 짐승들이 어우러져
햇빛을 나누며 별을 보며
함께 사랑하며 살자 했는데
아기 젖을 떼기 위하여
젖꼭지에 쓴 약을 바르는 엄마처럼
씨앗에 약을 바르고
밭에 울타리를 치고 그물을 씌우고
허수아비를 세운다

사람들끼리도 밥 전쟁은
날로 더 불을 뿜고

천의 얼굴을 가진 밥에는
어쩌자고 태초부터
탈출구가 없는가
길이 없는가

풍차와 나

풍차가
바람을 말고 있다
하늘을 말고 있다

풍차는
빛을 만들어
오늘을 돌려 내일을 끌어온다

나는
땅을 갈고 있다
씨를 뿌리고 있다

나는
생명을 길러
오늘을 살려 내일을 세운다

풍차가 돈다 허공에서
내가 구른다 땅에서

풍차는 나 나는 풍차

홍시감과 까치의 결혼식

하늘이 높고 맑고 푸르른 날

홍시감과 까치가 결혼식을 올린다

해가 주례를 선다

들깨, 서리태, 벼, 늙은 호박, 배추, 무, 파, 갓……

국화, 만수국, 채송화, 벌개미취, 맨드라미, 참취……

소나무, 좀작살나무, 화살나무, 모과나무, 주목, 밤나

무……

새, 멧돼지, 토끼, 고양이, 쥐, 개, 고라니, 다람쥐……

도라지 캐던 꼬부랑 할머니 할아버지네

장가 못 간 아들, 시집갔다 못 살고 돌아온 딸

들판을 꽉 채운 축하객들이 가슴 설레며

늙은 감나무 우듬지 신부 홍시감과 신랑 까치를 본다

신랑 까치가 터질 듯 부푼 신부 홍시감 깊숙이

부리를 박고 입 맞추며 몸을 떤다

신부 홍시감의 바람 면사포가 출렁인다

새들이 축하 합창을 한다

홍시감의 온몸이 더욱 붉어진다

저런! 막 결혼식을 올린 신랑 까치가
벌써 다른 홍시감과 또 새장가를 든다
해는 망설임 없이 또 주례를 선다
들판 하객들이 소란해진다

이름 모를 풀꽃에

이제 거기 살아라

뽑아내고 뽑아내도
다시 돌아와
진분홍 꽃 흔들며
웃고 있는
아니 울고 있는
애원하고 있는
아니 권리를 주장하는
이름 모를 풀꽃아
이제 마음 놓고
멋대로 살아라
끈질김 꽃이라고 이름 붙여줄까
이제 너도 내 뜰의 가족이다
어디서고 살 자유 없는 목숨
어디 있으랴
너희 세상에선 어느 땅인들

주인이 있으랴

그동안 미안하다
거름도 한 사발 듬뿍 부어줄게

억울한 살구나무

살고 싶다 잘 살고 싶었다

가지마다 빈틈없이 화사한 꽃을 매달고
천지사방 벌들을 불러 모으고 싶었다
푸른 하늘에 무성한 잎을 드리워
새들의 노래자랑 무대가 되고
내 그늘에 모여 쉬는 사람들에게
잘 익은 열매를 떨어뜨려주고 싶었다
주인이 나를 자랑하며 기쁘기를 바랐다

나는 묘목으로 팔려온 새 뜰에서
꿈을 펼치려고 온 힘을 다하여 몸부림쳤다
그러나 늙은 감나무 뿌리는 내 어린 뿌리를
가로지르며 한사코 텃세를 부리고
잔디 뿌리는 내 발을 칭칭 감고 옥죄었다
나무와 풀들이 몰려와 내 물을 빼앗아 마셨다
허덕이며 듬성듬성 꽃을 피우고 새싹을 내밀면
애벌레들이 잽싸게 갉아먹어버렸다

간신히 몇 개 열린 살구는 바람이 날려버렸다

주인은 나를
오래 기다렸으나 가망이 없다고
톱을 들고 다가선다

선택받고 싶다

우리 하느님이 돋보기를 쓰고
우리들 콩이 잠들어 있는 자루에 손을 넣어
우리를 조금씩 집어 손바닥에 놓고
크고 통통하고 윤기 나고 흠 없는
씨앗을 고르느라 바쁘다
봄이 왔나 보다
작고 벌레 먹고 깎이고 으깨지고 찌그러진
콩들은 바짝 긴장한다
나는 선택받고 싶다
새싹으로 움터 줄기 뻗고 잎을 드리워
꽃 피워 주렁주렁 열매를 맺어
거듭거듭 살고 싶다
지난해 까치, 고라니, 토끼의 입질을
장마, 가뭄, 병충해를 용하게 피하고
온전한 콩으로 익어 으스대고 자만했는데
벌레가 그만 내 가슴에 구멍을 내고 말았다
우리 하느님이 마침내 나와 친구들을 집는다
뻔한데 나는 어쩌자고 떨며 애걸복걸하나

기회를 주소서

쓰레기 더미에 핀 풀꽃

받쳐주고 덮어주며
쓰레기 더미가 피운
풀꽃

쓰레기 더미에서 맑고 환한 얼굴로
당당하게 노래하는
풀꽃

버려진 것들이
썩은 것들이
아름답게 환생한
풀꽃

쓰레기 더미를 끌고
잎을 파닥이며
하늘로 하늘로 날아오르는
풀꽃

겨울이 있는 문명국 어머니들께

나는 지구에서 제일 먼저 해가 뜨는
태평양 적도 산호섬 나라 키리바시에 사는
다섯 아이의 엄마입니다

내 자식들을 우리나라 어린이들을
살려주세요 살려주세요

해수면이 높아져 우리 섬나라가 잠겨가요
없던 허리케인이 찾아와 집들을 쓸어가요
담수가 오염되고 농작물이 죽어가요
나무, 꽃, 새, 물고기처럼 살며
행복했던 우리 자식들이
목숨 붙일 땅이 사라져가요

이 모두가 당신네 가족과 이웃이
편리하고 사치스러운 생활을 위해서
에너지를 낭비하고
숲을 없애며 쓰레기를 태우고

겨울을 따뜻하게 보내며
문명과 문화를 즐기면서
만들어낸 이산화탄소가
북극의 빙하를 녹여 생긴
기후변화 때문이라 합니다

제발 당신들의 행복을 위해
우리를 희생시키지 마세요

내 자식들을 우리나라 어린이들을
살려주세요 살려주세요

서리태의 부탁

첫서리 맞은 서리태가
아직도 푸른 잎 흔들며
가을 아침 햇빛을 입고
저를 굽어보는 나에게
초조한 눈빛으로 말을 한다

내 새끼들을 부탁해
아직 못 자란 새끼도
못난이 새끼도
버리지 말고 거두어줘

나는 눈물이 핑 돌아 대답한다

염려 마
나도 자식 기른 엄마잖아

우는 들, 우는 숲

들이 울고 있구나
숲이 울고 있구나

있다가 떠나버린 사람
왔다가 가버린 사람
꽃들만 남아
피고 있구나 지고 있구나
들과 숲의 노래
누가 들을까?
꽃들의 춤
누가 볼까?
들과 숲의 말
누가 전할까?

들이 울고 있구나
숲이 울고 있구나

제2부

길에 나를 두고 떠나고

길에 나를 두고 떠나고

길을 가며
길에
나를 세우고
나를 두고 떠나고
지나온 길들이
두고 온 내가
꽃처럼 새싹처럼 흔들리며
나를 부르고
그립고 사무쳐도
되돌아가지 못하고
되돌아갈 수 없고
자꾸만 낯선 새 길로
바람처럼 구름처럼 스쳐 가면서
또다시
길에
나를 세우고
나를 두고 떠나고

바람의 문신

바람은 내가 부르지 않아도
내게로 와
내 슬픔과 기쁨을
내 절망과 희망을
제 몸에 새긴다

천년 후 어느 누가
바람의 문신을 해독할까
나를 만날까

때로는 부드럽게
때로는 거칠게
바람은
오늘도 제 몸에 나를 새긴다

어머니 진달래꽃

어머니 제삿날
어머니 산소에 가니
매서운 꽃샘추위에 떨면서
어머니가 진달래꽃으로 서서
나를 맞네
너무 반가워 말문 막힌 어머니
눈물 그렁그렁한 눈으로
나를 바라만 보네
나도
눈물 그렁그렁한 눈으로
어머니 진달래꽃을 바라만 보네

보이는 것이 모두 진실은 아니다

어느 날 갑자기 길에
전봇대가 둘씩 서 있다
사람, 자전거, 자동차가 쌍둥이로 오고 간다
달력과 시계에도 같은 숫자가 둘씩이다

한쪽 눈을 새 렌즈로 갈아 끼우니
하나가 하나로 사실이 사실로 환하다

수술 안 한 다른 쪽 눈은
황사 낀 미색을 흰색으로 보고 있다니

내 영혼의 눈은 어떨까
수정체를 갈아 끼울 수도 없는
내 마음의 눈은
혹 색안경을 쓰고 있지는 않을까

오늘도 내일도
가짜가 즐비한 세상에서

진실을 분별하는 밝은 눈이여

나를 지켜다오

나를 바로 세워다오

나는 진정한 사람이고 싶다

착한 사마리아인

프랑스 아롤르에 있는 고흐가 살던 집
대문 안 본채로 가는 길 오른쪽 담벼락에
나뭇가지 사이로 보이는 고흐의 그림
〈착한 사마리아인〉

나의 아버지는
평생 '착한 사마리아인' 운동을 하셨고
'착한 사마리아인'을 내게 유산으로 남겼으나
그 유지 받들지 못하고 사는 나를
이역만리에서 뜻밖에 순간 내려치는 고흐의 그림

'착한 사마리안'이 그리워서
'착한 사마리안'이 되고 싶어서
'착한 사마리안'이 어려워서
한없이 길을 가며 울던 소녀 시절 나는
어디로 갔는가
늙고 눈물 마른 나는 옛길로 되돌아가
눈물 머금은 그 눈동자를 찾아야겠다

겨울 억새

이승에 열린 귀 못 막아
이승에 뜨인 눈 못 감아
눈이 발목을 덮고
칼바람이 온몸을 흔들어
쓰러질 듯 꺾일 듯 휘청거리다가도
이내 허리 바로 세우고
나를 하염없이 바라보는 당신
나를 품어 안는 당신

못 잊어 못 잊어 죽어서도 못 떠나
내 겨울과 싸우며
내 겨울을 밀어내며
한사코 나에게 봄을 주는 당신

어머니!
당신 있어
이 겨울에도
나는 꽃입니다

아버지 목소리

가난한 가장 노릇 얼마나 아팠을까
찢어진 조국을 붙이려던 손 얼마나 힘겨웠을까
끝끝내 걷던 사랑과 진리의 길 얼마나 외로웠을까

아버지 떠나고 나 어두워서야
아버지 십자가를 어루만진다
아버지 용기와 열정을 우러른다
아버지 목소리를 듣는다

증오, 분열, 싸움, 고통, 기아, 재해, 야만 있는 곳에
목련, 모란, 백합, 장미, 수국, 상사화, 국화, 동백……
꽃을 피워라
느티, 소, 향, 호두, 사과, 감, 대추, 잣, 은행, 귤……
나무를 심어라
유채, 민들레, 벼, 고추, 부추, 고구마, 콩, 생강, 배추……
초원을 펼쳐라
내 마음에 울리는 아버지 목소리

단풍 든 목숨의 빛

가을빛을 품은 들녘이
말없이 단풍 들어 곱다

늙고 볼품없는 나도
단풍 들었는가

들녘이 새끼들을 떠나보내고
고요히 단풍 들어 반짝인다

나도 자식들을 보내고
단풍 들었는가

단풍 든 목숨의 빛이
찬란하고 아프다

나는 바보인가 봐

어제도 오늘도
세상의 안녕을 기도했건만
지진으로 한 도시가 무너지고
애꿎은 사람들 수만 명이 죽고 다쳤다

탓할 것이
지진, 바람, 홍수, 화산뿐이랴
생명끼리도 줄기차게 싸우며 죽이는 세상

전쟁 난 고국을 버리고
안전한 나라를 찾아
부모님 손잡고 배를 탄
세 살배기 어린이가
해안가로 떠밀려와 파도에 씻기며
모래밭에 얼굴 박고 누워 있다

기도하고 기도해도
억울하고 화나며 서럽고 아파 절망한

목숨들, 넋들

나날이 끝없는 것 뻔히 보면서도

오늘도 내일도

세상의 안녕을 기도하고 기도할

나는 바보인가 봐

낙엽비

낙엽비가 내린다
낙엽비 쏟아진 길이
실개천을 끼고 단풍산맥 깊숙이 파고든다

단풍숲이 자꾸만 낙엽비를 쏟아내며
낙엽비 내리는 길을 따라
단풍산에 오르라 오르라 부추긴다
단풍산 굽이굽이 단풍산맥에 이르러
낙엽비 나라에서 울리는 노랫소리 들으면
겨울이 오기 전
보아야 할 것을 해야 할 일을
다 알 수 있다 한다

단풍숲의 부축을 받으며
낙엽비 내리는 길을 따라
낙엽비를 맞으며
단풍나라 보러
단풍산에 든다

첨탑

하늘과 사랑을 나누며
반짝이는
성당 첨탑

내 첨탑은
얼마나 더 높이 쌓아야
하늘과 입 맞출까

벼락 맞고 비바람에 꺾여
나날이 더 낮아지기만 하는
내 첨탑

내 첨탑
곤두박질쳐 산산이 부서지면
새가 되어 훨훨 날아올라
하늘에 안길까

가계부를 태우며

50년 동안 숫자들과 싸운
고독을 떠나보낸다

숫자들의 숲엔 잊었던 슬픔이
아직도 여기저기 푸르다
언젠가 위로하고 안아주려고
이사할 때마다 보자기에 싸서
가장 은밀한 곳에 묻어두었던
내 미운 오리 새끼가
처음 보는 햇빛에
순간 눈부셔 머뭇거리다가
이내 불꽃이 된다

끝내 끌고 갈 수 없는
내 눈물과 한숨이
불길 저 너머에선
진달래가 되랴
아니 빙하꽃 되어
나를 목메어 부르리

흰 머리칼

흰 머리칼 흩날리며
광장을 거닌다
꽃을 본다 하늘을 본다

가는 나이 묶어보려고
20년 동안 화장한 머리칼 망설이다
있는 그대로 바람에 나부끼니
친구들이 웬일이냐며 낯설어한다
어서 다시 까만 물 들이라고 한다

햇빛에 반짝이는 흰 머리칼은
삶이 달아준 훈장이라고
불빛에 빛나는 흰 머리칼은
세월이 달아준 꽃이라고
내가 나에게 속삭이며
검은 머리칼 사이를
어깨 펴고 걷는다

시드는 꽃

시드는 꽃 한 송이
저무는 세상을 바라본다
내일 다시 볼 수 있을까
세상을 껴안아주려니
팔이 들리지 않고
쓸쓸함만 몰려든다

태양과 마주 보며 반짝이던 꽃
우주가 머물던 꽃
번개도 빗물도 받아치던 꽃
벌과 나비에게 젖을 물려주던 꽃
지친 바람을 잠재우던 꽃

수고했다 향기로웠다 아름다웠다
자신에게 속삭이며
언제나 내일 피는 꽃들의 세상이
어두워지는 것을 바라본다

제3부

자유로 가는 길은
왜 그리 먼가

진눈깨비 내리는 사월

삼월도 아니고 사월인데
휘몰아치는 진눈깨비
봄은 그냥 오지 않나 봐

몰려온 폭군 진눈깨비 견디며
안간힘 다해 봄을 끌고 있는
들녘 연약한 목숨들의 몸부림 좀 봐

진눈깨비 내리는 사월에도
오월은 새벽처럼 오지

마른 갯벌에 박힌 나룻배

기다려도 기다려도
바다는 오지 않아
불러도 불러도
바다는 오지 않아
꿈꿔도 꿈꿔도
바다는 오지 않아
마른 갯벌에 박혀 꼼짝 못 하는
나룻배

웬일일까 바다는 오다가
멀리서 되돌아만 가네

한 번만이라도
아득한 수평선 너머 파도를 타며
바다에서 바다를 떠돌고 싶어
바다를 꿈꾸며 그리며 삭아가는
나룻배

폭설에 가지 찢겼어도

아가야 울지 마라
폭설에 가지 찢겼어도
우리는 천년을 사는 소나무다
떨어져나간 팔의 거름으로
우리는 자라고
우리는 하늘로 가고 있다
한겨울에도 푸른빛 잃지 않는
우리는 소나무다
폭풍이 불어도 눈보라쳐도
허리 굽히지 않는
우리는 소나무다
잃어버린 팔이 끝내는
네게 돌아와 안길 것이니
아가야 슬퍼하지 마라
우리는 천년을 꿈꾸는 소나무다
아파도 아파도 견디며
하늘을 우러르는
우리는 소나무다

쿠오 바디스 도미네*

세상은 거대한 눈꽃입니다

길들은 모두 사라졌습니다

당신은 어디로 가십니까

푸른 보리밭과 생수가 솟구치는 울창한 삼나무 숲은

전설이 되었습니다

장 발장은 배고픈 조카들 때문에 또다시 빵 조각을 훔쳐

교도소에 재수감되고

한 무리의 사람들은 빵을 찾아 죽음일지도 모르는

눈산을 넘고 있습니다

어떤 이들은 폭설에 맞서 바리케이드를 쳤지만

얼어 죽었습니다

가엾은 사람들이 얼마나 더 눈꽃 속을 헤매다

죽어야 합니까

천년입니까 만년입니까

봄은 정녕 꿈꿀 수 없는 것입니까

햇살이 새싹의 볼을 어루만지는 벌판을

배고픈 이들을 위한 무료 빵 가게를

언제쯤 볼 수 있습니까

생명이고 사랑이고 평화고 희망이고 영원인 당신이시여
세상을 덮어버린 눈꽃에 길을 내시며 오소서
눈꽃을 헤쳐 언 손들을 잡아끌어 언 몸을 품어주소서
당신은 어디로 가십니까

* 쿠오 바디스 도미네(Quo Vadis Domine?) : 로마 라틴어. '주여 어디로
  가시나이까?' 라는 뜻.

라이프치히에서 한반도 통일을 그리다

독일 라이프치히에서
옛 동독 시절
인권과 민주주의를 갈망하는 목사님과 교인들이
월요일마다 촛불 예배를 보았다는
니콜라이 교회와 토마스 교회 광장을 서성인다

이 평화 비폭력 촛불 집회는
마침내 1989년 10월 9일 월요일
독재에 맞서 죽음을 무릅쓰고 시내로 행진하고
시민들과 경찰들마저 합류하여 이룬
칠만여 명의 촛불 홍수는 동독 전역으로 넘쳐
독일 최초 혁명 동독 혁명 개신교 혁명을 일으켜
한 달 만에 베를린 동서독 장벽을 무너뜨리고
그 이듬해 서독의 동방정책과 함께
통일 독일을 앞당겨 이루었다

그날 뜨거웠던 촛불 집회 발자국을 따라
라이프치히 시내를 헤매며
내 조국 통일을 그리다

꿈

한반도 비무장지대!
무기 없이 사는
동물과 식물들만 사는 땅
무기를 쓰는
사람은 살 수 없는 땅

모든 무기 묻어버리고
오직 생명, 사랑, 평화로
남북한 사람들 식물, 동물과 함께
온통 한반도를 비무장지대로
통일했으면 좋겠네
세계 사람들 식물, 동물과 어우러져
지구 전체를 비무장지대로
통일했으면 좋겠네
그 세상에서
존재하는 모든 자연과 목숨들이
낮에는 해님이면 좋겠네
밤에는 달님, 별님이면 좋겠네

장님이 되라 하네

또다시 어둠이 몰려와
장님이 되라 하네

해를 보기 위하여
꽃들은 얼마나 피고 지었어라
풀들은 얼마나 나부끼며 울었어라
나무들은 얼마나 새순을 내려고 몸부림쳤어라
새들은 얼마나 날개를 파닥였어라

어둠을 밀치며 해가 솟았을 때
산맥은 얼마나 기뻐 치달렸어라
강물은 얼마나 즐겁게 노래했어라
만물은 얼마나 아름답게 빛났어라
하늘길, 땅길, 바닷길, 꿈길 환하여
목숨들은 서로 껴안으며 반짝였어라

또다시 어둠이 천지를 삼켜
어둠의 칼들이

꽃 치는 소리
풀 베는 소리
나무 자르는 소리
날개 꺾는 소리
눈이 있어도 눈이 없어
죽음에 부딪히고 빠지며 떠는 목숨들

얼마나 울고 울어야
얼마나 무너지고 무너져야
얼마나 부르고 불러야
눈을 다시 찾으랴
사랑을 다시 보랴

둘러보고 둘러보아도
숨 막히는 어둠뿐
어둠은 잠자코
장님이 되라 하네

숨은 꽃

봄 동산
반짝이는 꽃무리 틈으로 본
헐벗은 뿌리

최고 권위인 국제 미술제 베네치아 비엔날레 본전시에
아시아 여성 노동자들의 삶을 담은 장편 다큐 〈위로공단〉
으로
한국인으로선 첫 은사자상을 수상한 임흥순 영화감독의
소감
"내 영화는, 40년 동안 봉제재공장에서 시다로 일해온 어
머니와 백화점 의류 매장과 냉동식품 매장에서 40세 넘게 일
하며 나를 뒷바라지 해준 여동생의 삶에서 전적으로 영감을
받은 것이며, 그들에게 보내는 헌사다"

하늘을 바라보며 신나는 봄꽃들은
제 그늘 속 땅바닥에 누운
장마에 흙 씻긴 몸으로
혹독한 엄동설한을 견뎌

저를 낳아준 어미를
보기나 했을까 알기나 할까

나는
드러난 뿌리 숨은 꽃을
순례한다
흙을 모아 덮어준다

마하트마 간디

밟히면 밟히고 때리면 맞고

가두면 갇히고 묶이면 묶이고

무저항 비폭력으로

대영제국의 300년 식민지 인도를

해방시킨 사람

죽음을 무릅쓴 단식으로

적대적인 종족과 종교를 극복하려던 사람

광신 분리주의자의 총탄에 죽었지만

영원히 살아

국경과 민족과 종족과 사상의 경계를 넘어

모든 사람의 빛이 된 사람

사람의 긍지이고 자존심인 사람

마하트마 간디

만나러 뉴델리 간디 박물관에 가니

간디는 벌써 현관에 마중 나와 내 손을 잡으며

"진리가 신입니다"*

속삭인다

박물관 안을 돌면서 더 말씀을 달라 하니

"내 삶이 내 메시지입니다"*
웃으며 말하고
어느덧 내 마음에 집을 짓는다

간디와 함께 떠나는 나에게
간디가 잘 가라고 손을 흔든다

* 간디의 어록 인용.

그 바닷가 노란 리본처럼

화창한 아침 바다인데
느닷없이 기울어진 배

승객들에게 구명조끼 입고
가만히 있으라 하고
몰래 빠져나간 선장과 선원만 구하고
가만히 기다리는 승객들
수학여행 가던 고등학생들
침몰하기 전 구할 시간 있었는데
아무 일도 하지 않고 구경만 한
해경
방치한 국가
이게 내 나라인가

달이 가고 해가 바뀌고 1년이 지났어도
돌아오지 못한 넋들
인양되지 못한 배
진실을 밝혀 억울한 넋을 위로하고

안녕한 세상 세우고 싶어

거리에서 막힌 벽 뚫으려고 줄기차게

애간장 녹이는 유족들

양심 있는 시민들

나는 조시 한 구절도 못 올리고

그 바닷가 노란 리본처럼

하염없이 바람에 나부끼며

왜? 왜? 왜?

묻고 또 묻는다

침묵, 화살, 평화의 말

— 베를린 홀로코스트 메모리얼

관들이 파도치며 부르짖는 말
잠들지 못하는 말
잠들 수 없는 말
침묵의 말!

가슴 뻐개지는 말
사람임을 부끄럽게 하는 말
인간임을 슬프게 하는 말
화살의 말!

감추고 싶었을 말
묻어버리고 싶었을 말
세계에 깃발처럼 드러내고
무릎 꿇어 용서를 빌며 참회하며
다시는 이런 일 없어야 한다고 다짐하는
고해성사!

소리 없이 말해도 다 들리는

침묵의 말 화살의 말 껴안고

물결치는 새싹 솟는

평화의 말!

불구 의자

스위스 제네바 시내 네거리 한복판에
지뢰에 다리 하나가 찢겨나간
거대한 의자 조형물이
높다란 단상에서 울부짖고 있다

무기에
목숨을 잃은 넋들이
불구자가 된 사람들이
통곡하고 있다

스스로 살고 싶다
앉고 눕고 일어나고
걷고 뛰고 달리고 싶다
내 몸을 돌려다오
내 삶을 돌려다오

150년 동안 줄기차게 세계 곳곳
전쟁터와 재난 장소에서 적십자기를 펄럭였어도

부상당하고 목숨 잃은 사람들 끊임없어
앙리 뒤낭이 흐느끼고 있다

세계여!

자유로 가는 길은 왜 그리 먼가
― 마틴 루서 킹

2015년 7월 11일 토요일 한낮
미국 조지아주 애틀랜타
마틴 루서 킹 주니어 국립 역사 지구엔
아직도 자유가 목마른 순례자들로 붐빈다.

마틴 루서 킹이
흑인들의 인권 운동을 위해
1963년 워싱턴 대행진을 이끌며
그때부터 100년 전 노예해방 선언문에 서명한
링컨 대통령의 동상 앞에서 절규하던 자유!
그때부터 50년이 지난 지금도
그들은 왜 그들의 가슴에 총을 쏠까?
그들은 왜 그들의 목을 조를까?
그들은 왜 그들의 자유를 짓밟을까?

증오가 왜 사랑을 거침없이 불사를까
누가 남의 자유를 빼앗아

자신의 자유만을 넓힐까

마틴 루서 킹은 죽었으나 죽지 않았다.
자유의 성지에 울려 퍼지는 생전의 그의 웅변은
여전히 지금도 세계인들의 가슴에서
불이 된다. 꽃이 된다. 새가 된다.
그의 무덤 건너편 활활 타오르는 자유의 성화는
미국 전역에서, 세계 도처에서 찾아온
순례자들의 가슴에 불을 댕긴다

한 인종이 한 인종의
한 종교가 한 종교의
한 나라가 한 나라의
한 집단이 한 집단의
한 사람이 한 사람의
자유를 짓밟는 한
마틴 루서 킹은 자유를 위한 행진을 멈출 수 없다.
이 세상 모든 사람이 차별을 받지 않을 때까지

존재하는 모든 생명과 자연이 자유로울 때까지
마틴 루서 킹은 잠들 수 없다.

자유로 가는 길이 아무리 멀고 멀어도
마침내 온전한 자유의 세상에 이를 때까지
자유가 그리운 사람들의 손을 잡고
마틴 루서 킹은 끊임없이 걷고 또 걸을 것이다.

제4부

그립고 그리운 말씀

녹슨 풍경

꽃바람 비바람 눈보라에
울던 풍경

눈물 없이 한 세상 어떻게 건너랴

젖고 젖어서
이제는
바람 불고 불어도
꽃잎이 날아와도
나비가 앉아도
울지 못하는
녹슨 풍경

오직
넋이 울리는 제 몸
소리 없이 우는 풍경에
마음의 귀만 아파라

그립고 그리운 말씀

태초의 말씀

창조의 말, 빛의 말, 생명의 말, 불멸의 말,

억년이 가고 또 억년이 와도

사람을 사람이게 하는

사랑의 말, 희망의 말, 자유의 말, 지혜의 말

마음과 마음을 타고 와 마음에 별로 뜨는

넋의 말, 정의의 말, 평화의 말, 선한 말

멸망의 말, 어둠의 말, 죽음의 말

절망의 말, 폭압의 말, 분쟁의 말, 탐욕의 말

병든 말, 위선의 말, 거짓말,

난무하는 세상에서

아프고 화나고 슬퍼서 길 잃은 사람을

위로하고 낫게 하며 구원하는

몸의 말, 십자가의 말

밥으로만 살던 사람을

말씀으로 살게 하는

진리의 말, 선지자의 말

그대여
그립고 그리운 말씀을
천지사방에 인각하여다오

눈 산맥

분명 죽음인데 죽음이 아니다
분명 침묵인데 침묵이 아니다
없는 손이 나를 끌어안고
없는 입술이 나에게 입 맞추고
없는 가슴이 나를 품는
없는 따뜻함으로 나를 녹이는
이 하얀 세상은 무엇일까
이 하얀 아름다움은 무엇일까

나를 깨우고 세계를 깨우는
백색 섬광
흰빛의 말씀

개도 득도하고 싶다

석가가 득도한

보리수나무 주변

오체투지로 부처를 만나려는

수도자들 틈에

개 한 마리도

온몸으로 뒹굴며 수도한다

개도 부처의 손을 잡고

해탈하고 싶은가

사람이 되고 싶은가

호랑이가 되고 싶은가

나비가 되고 싶은가

풀꽃이 되고 싶은가

순례자들 틈을 누비던 순례개가

온몸과 마음으로 부처를 부른다

보리수 나뭇잎이 흔들린다

개가 일어선다

한글로 나는 사람

50년 전 일기장을 펼치니
잊었던 옛날이 오늘인 듯 환하다
한글로 아로새긴 꿈과 고뇌
한글로 그린 소녀의 초상

한글 속에 보이는
세종대왕의 빛
세종대왕의 한겨레 사랑

한자 영어 불어 독어에
맴돌아보았으나
나를 투사 못 한 나
한글이 없었으면
돼지가 되었을까

한글로 나는
비로소 사람

곶감

세상의 밧줄에 매달려
말라가며 단내 나는 어머니
햇빛이 쏘며 물을 앗아가
바람이 흔들며 물을 훔쳐가
피멍 진 어머니

어머니
소리쳐요 밀쳐내요
뺏기지 말아요

아니다 아가야
집 없어 떠도는 햇빛과 바람을 거두어
내 몸에 집을 짓게 한 거란다
햇빛 품고 바람 타고
다디단 몸으로
너에게로
영원으로
돌아가는 거란다

가을날엔 만물이 말을 건다

비닐하우스 속에서
잘라온 콩 줄기에서 풋콩을 따는 나에게
비닐하우스가 말을 건다

너 나를 여기 세워놓고
너무 외롭게 하잖아
혼자 미친년처럼
중얼대고 소리도 질러보지만
상대가 있어야 신명이 나지

떠버리 비닐하우스의 말을 듣다 보니
어느덧 풋콩이 한 소쿠리 쌓여 일어서니
비닐하우스가 애원한다

벌써 가?
조금만 더 있다 가

가을날엔
만물이 말을 건다

영원한 것은 없구나

나는 또다시 팔려가는 소나무

오래전 나를 사서 옮겨와
고생고생하며 거실 창 앞뜰에 심고
내 몸에 베를 감아 진흙을 발라주며
영양주사를 놓고 물 주고 벌레 잡아주며
내가 죽을까 봐 노심초사하던 주인이

나랑 벗하고 살다 죽으면
내 발밑에 묻혀 나와 한 몸 되어
마을과 산천과 하늘을 바라보며
천년만년 살자던 주인이

잘생겼다 잘생겼다
사랑해 사랑해 너 없이는 못 살아
내게 몸을 기대며 속삭이던 주인이

늙어 병들고 가난해서
산 값도 못 받고 나를 팔고 주저앉아
실려 가는 나를 보며 운다

설악산 흔들바위

거대하고 날카로운 바위산 위용
억년 비바람에 갈고 닦아 다 버리고
알바위만 남아
실비든 장대비든 미풍이든 폭풍이든
공손히 맞아 고이 떠나보내며
나뭇잎, 꽃잎, 새, 다람쥐, 하늘, 사람
무엇이든 누구든 품어 마음을 나누고
한 사람이든 열 사람이든 흔들면
똑같이 딱 그만큼만
흔들흔들 흔들려주는
해학적인 몸짓
그러면서도 한사코 제자리 지키는
설악산 흔들바위

모나며 가시 돋고 경직한 나
설악산 흔들바위 닮고 싶지만
내 평생 세월로는 어림없어
후생 긴 세월까지 애타야 할까

애미 은행나무의 자부심

새끼들을 지키기 위하여
무슨 짓을 못 하랴
만 개의 푸른 입으로
세상 먼지 다 삼켜
섬세한 천연 필터 폐로 걸러
맑고 신선한 공기 뿜어낸 허공에
새끼마다 몸에 꼭 맞는 집을 지어주고
그 집을 독으로 에워싸
어떤 짐승도 벌레도
내 새끼들을 넘보지 못한다
내 새끼들은
청정하고 평화로운 집에서
한 점 얼룩 없는
맑고 고운 초록 눈 뜨고
천년 미래를 꿈꾼다

알 수 없어라
기진맥진하다가도
자식들만 보면
푸릇푸릇 솟구치는 내 핏줄

불쌍한 것들

태어난 지 육 개월밖에 안 된 어린 고양이가
옥향나무 밑에 엎드려 있다가
콩깍지 더미에서 콩알을 찾던 산비둘기를
순식간에 덮쳐 머리를 덥석 물고
창 앞 소나무 밑으로 와 앉아 오 분쯤 꼼짝 않는다
기절한 새는 날개를 편 채 조용하다
보이지 않던 어미 고양이와
두 마리 형제 고양이들이 이내 달려와
가까이서 지켜본다
새의 심장이 멎자
드디어 어린 고양이는 깃털만 남기고
혼자 새를 깨끗이 먹어치운다
깨물리고 찢기고 씹혀 고양이 뱃속에 갇힌 산비둘기!
뜯긴 산비둘기 깃털이 펄럭이다가
마른 풀 속에 가라앉는다
겨울빛은 시리고 고요하며 사방은 적막하다
다 보고 있던 하늘, 땅, 나무들, 사람은
아무 말 없이 조용하다

둥근 세계도 흔들림 없이 여전히 제 속도로 굴러간다

또다시 고양이들은 나무 밑에 잠복하여

콩깍지 더미를 뒤지는 새들을 엿본다

엄마 찾아 삼만 리

설토화는
어린 가지에 영양분을 모아주기 위하여
어미 가지가 스스로 말라 죽는다

어떤 어미 거미는
먹을 것이 없는 겨울에
새끼들에게 제 몸을 내어준다

어떤 사람 엄마는
어린 아들을 죽여
가방에 돌과 함께 넣어 수장하고
어떤 사람 엄마는
아기를 내다 버리고
어떤 사람 엄마는
아기를 굶겨 죽이고
어떤 사람 엄마는
자식을 때리고 할퀴고

....

어미 고양이는

강한 놈 차례로 식사하는 고양이 판에서

새끼들이 다 먹기 전에는

절대로 먹이에 입을 대지 않는다

항아리의 슬픔

내 안에
곡식이 가득 담겨 있어도
나는 배가 고프다
귀뚜라미가 빠져 버둥거려도 구할 수 없다
언제나 쓸쓸하며 외롭고 막막하며 허전하다

한 번만이라도
씹어 먹고 배설하고
뒤뚱거리며 바보 춤이라도 추고 싶다
소리 지르고 웃고 눈물을 흘리고 싶다
내게 기댄 참나리꽃을 안아주고 싶다

어쩌자고
하늘은 아득하고
땅은 너무 넓은가

제5부

풍경과 나

풍경과 나

풍경이
연이어 다가와 나를 삼킨다
도대체 나는 몇이나 되는가
풍경이 나를 삼키고 삼켜도
아직도 남아서
끝없이 밀려오는 풍경에
빨려들고 빨려드는
나, 나, 나

아니 실은 내가
길을 가며 연이어 풍경을 먹는다
몸 켜켜이 쌓여
나를 자라게 한 풍경
도대체 풍경은 얼마나 많은가
먹어도 먹어도 끝없는
풍경, 풍경, 풍경

무엇을 안다고 말하랴

낯선 땅 낯선 거리
떠도는 나그네여
해 질 녘이면
저녁거리 잠자리 걱정 없던
고향집이 아른대는 나그네여
쓸쓸하고 무거우면서도 가볍고 자유로운
걸음걸음 바람에 씻기고 씻기면
삶의 어머니를 만나랴

돌아가라 머물러라 떠나라
네게 어떤 말도 할 수 없구나
이 세상에서 내가
무엇을 안다고 말하랴
다만 바람길 따라 가는 너를
바라보고 바라볼 뿐이다

갠지스강의 신새벽

아파라
꽃접시 타고 가는 촛불들

눈물겨워라
기도하는 손들

아름다워라
강물로 죄를 씻는 몸들

덧없어라
타는 시체들
강물 타고 가는 넋들

서글퍼라
꽃을 띄우며 떠도는 나룻배

혜초의 족적을 우러르다

신라의 열다섯 살 혜초는
왜 서역으로 갔을까
새싹이 벌레 먹어 죽는 것을
막고 싶었을까
밤의 고뇌와 목숨의 비루함을
넘고 싶었을까

열아홉 살 혜초는
떨고 울며 자기와 싸우며
사막을 지나 얼음 산 넘고 강 건너
인도로 가 부처의 족적을 따라가며
무엇을 보았을까

옛 불교의 꽃밭이고 지성의 본산이던
지금은 무너진 벽돌담과 벽돌 바닥이
교실, 숙소, 식당, 목욕탕 등 흔적만 보여주는
나란다 불교 대학 교정을 서성이며
마음의 눈으로

수만 발자국 속에서

고뇌와 환희가 고스란히 담긴

1300년 전 혜초의 발자국을 찾는다

혜초의 족적을 우러른다

고흐의 별

프랑스 아를에 있는
고흐가 죽기 전 1년간 살았다는 집에서
고흐의 별을 본다

대문 안 담벼락에 전시된 그림들에서
마르고 예리한 고흐의 검은 동상에서
집 안 1층 그림 전시실, 2층 침실, 목욕실에서
뒤뜰 한창인 개양귀비 꽃밭에서
집을 에워싸고 있는 하늘, 언덕, 나무, 풀밭에서
대낮인데도 반짝이는 고흐의 별

배고파 감자 장수에게 자신의 그림과
감자 세 개만 바꿔달라고 했으나 거절당하면서
자신의 한쪽 귀를 자르고 자화상을 그리면서
정신병원을 드나들며 그림을 그리면서
서른일곱 살 나이로 제 가슴에 총을 쏘면서
고흐의 가슴에서 빛을 뿜던 별

고흐의 별 하나 따서 가져가면

내 시에도

쓰리고 쓸쓸하며 아름다운

별이 뜰까

바다와 수녀

발칸반도 크로아티아

드브로브니크 옛 성벽에 올라

흰 벽과 주황색 기와를 얹은 집들이

좁은 돌바닥 골목길들을 숨긴 채

처마를 맞대고 소곤대는 오래된 도시 너머

바람처럼 몰려오는 아드리아해를 숨 쉬다가

성벽 아래를 굽어보니

수도원 자투리 땅 정원에서

만발한 장미꽃을 돌보고 있는

안경 낀 수녀가 나를 끌어당긴다

레몬이 주렁주렁 매달린 레몬나무가

수녀를 하염없이 바라보고 있다

장미 몇 송이가 수녀의 치마폭에

살짝살짝 볼을 부빈다

바다를 등진 수녀는 꽃밭에서

누구를 만나고 있는 것일까

무슨 소리를 듣고 있는 것일까

내 가슴에서 출렁대는 바다를

수녀의 작은 정원에 부어드릴까

새가 나는 놀 진 하늘을 안겨드릴까

불교 성지 순례길

구걸하는 손들이 바람처럼 몰려오는

석가가

득도한 보드가야 보리수나무 지나

설법한 라지기르 지나

열반한 쿠시나가르로 가는 길

버스로 열 시간 달리는 길

폭격 맞은 듯 곳곳에 도로가 푹푹 패어

널뛰듯 아슬아슬 지나가며 엉덩방아 찧는 길

가도 가도 끝없는 벌판

사탕수수밭 지나 숲을 지나

보리밭과 노란 겨자 꽃밭도 지나

소똥을 벽돌처럼 바람 잘 통하게 쌓아놓은

석가 시대나 별반 다름없을 가난한 움막집 앞에

소, 염소, 개와 함께 뒹굴며 손 흔드는 아이들을 지나

사탕수수 가득 실은 마차와 트럭

줄지은 거리를 지나

줄지어 드나드는 공장을 지나

떠돌이 마른 소들이 쓰레기를 뒤지는 흙바닥 상가들을 지나

대장간과 씨앗 가게를 지나 망고나무 밭을 지나

차단기 내린 철도 건널목 앞에서

연착으로 언제 올지 모르는 기차가 지나가기를 기다리다

지쳐 잠든 사이

부처가 와서 손을 잡는다

갠지스강 해맞이

어둑어둑한 신새벽
갠지스강 나룻배에서 해맞이를 한다
희미한 바라나시 위로 조금씩 얼굴을 내미는 해
단 몇 분만 편하게 마주 볼 수 있는 어린 해
붉게 이글거리며 막 태어나는 해가
수만 사람들의 눈에 박힌다

화장한 사람의 하얀 재를 온몸에 바르고 벌거벗은 채
화장식을 집도하는 사제도
빨래를 강물에 넣었다 빼 빨래판에 후려치기를 반복하는
대를 물려 빨래하는 사람도
강물에 죄를 씻어내며 거듭나고 싶은 사람도
두 손 모아 소원을 비는 사람도
관광객들과 꽃 파는 아이들과 구걸하는 사람도
강가를 떠도는 주인 없는 개와 소도
떼를 지어 하늘을 날며 해맞이 춤을 추는 새도
한 줌 재로 스민 넋들과 꽃들을 안고 흐르는 강물도
나룻배에 서서 손을 꼭 잡고 있는 이방인 남편과 나도

해맞이를 한다

지상이 해로 통일되는 순간이다
해의 피가 자연에 생명에 전류처럼 흐른다
해가 지상에 햇살로 세례를 베푼다
해가 순식간에 제 분신들을 끌어안고
하늘로 솟아오른다.

해 속에 나 하나, 배 위에 나 하나
해 속에 만물, 지상에 만물

순례자들은 아름답다

이천오백 세 부처는
순례자들과 마음을 나누느라
온종일 분주하다

부처가 득도한 보리수나무 밑
예불하는
흰 옷 입은 순례자 무리가 백합 밭 같다

부처가 설법했다는 영취산 정상
예불하는
울긋불긋 순례자 무리가 꽃밭 같다
오로지 부처를 우러르는
영취산 아래 첩첩 산봉우리도
매일 찾아와 한나절 예불하고 가는
영취산 건너편 나뭇가지 사이 지는 해도
아름답다

순간
부처의 옷자락이 펄럭이고
순례자들의 가슴에 꽃 한 송이 안기다

다하우 유태인 강제수용소에서

"노동이 자유롭게 한다"
수용소 철문에 박힌 문자

강제로 끌려와 노역하다
집단으로 가스실에 갇혀
서로 뒤엉켜 죽은 시신들의 영상
시신들의 감지 못한 눈동자

600만 유태인 원혼들의 비명 소리
울리는 귀

사람의 허물을 벗어버리고
풀잎이 되고 싶다

애완견 곁에 잠든 대왕

독일 포츠담 상수시 궁전 앞마당 귀퉁이
애완견들 무덤 곁에 유언대로 소박하게 묻힌
생태주의자 프리드리히 대왕을 본다

남미에서 감자 씨를 가져와
국민들의 굶주림을 해결했다는 대왕
궁전을 오르는 계단 옆 턱진 땅에
화려한 정원수 대신 포도나무를 심고
포도나무 한 그루마다 유리 온실을 만들어
겨울엔 문을 닫아 보호해준 대왕
목련 밑가지 처져 땅에 누웠어도 그대로 두어
분홍빛 목련꽃 다닥다닥 피게 한 대왕
궁전 옆 풍차 방앗간이 소음을 내도
운치 있다고 그대로 두고
방앗간 주인이 궁전 때문에 장사가 안 된다고 하자
다른 곳에도 풍차 방앗간을 지어주었다는 대왕
플루트 연주를 즐기고
철학자 볼테르와 함께 살며 토론하기를 좋아한 대왕

'근심 없는'이라는 뜻을 가진 프랑스어 '상수시'를
자신이 설계한 수수한 단층짜리 궁전 이마에 새기고
모든 생명과 자연을 사랑하며 살고 싶어 했던 대왕
그러나 강한 국가를 만들고 싶다고 전제군주가 되어
선전포고 없이 이웃 나라를 선제공격도 하며
긴 세월 걱정에 싸여 전장을 누비던 대왕

꿈과 현실 사이에 놓인 긴 다리를 오가며
흔들렸을 그림자
애완견 곁에 누워서야 모든 근심을 떨쳐내고
진정한 세계를 보고 있을까
무덤 위에 감자 몇 개와 꽃 몇 송이 놓여 있다

영혼을 연주하고 있는 바람꽃

— 마거릿 미첼

마거릿 미첼은

명작 『바람과 함께 사라지다』를 집필한

미국 애틀랜타 집 그녀의 박물관에

지금도 생생히 살아 있다

마거릿 미첼이

화장실에서 목욕하는 소리 듣는다

부엌에서 빵 굽는 냄새 맡는다

책상에서 타이프 치며 소설을 쓰는 모습 본다

정원에서 꽃과 새와 속삭이는 소리 듣는다

베란다 흔들의자에 앉아

소설의 줄거리를 생각하는 모습 본다

무수한 것이 왔다가

바람과 함께 사라지는 세상에서

결코 사라지지 않고 맴도는

바람 한 자락을 타고

영혼을 연주하고 있는

바람꽃

기적에 잠긴 순간의 기적

30년 만에 찾아간 옛 집, 옛 길, 옛 동네, 옛 숲이

옛 모습 그대로 나를 반긴다 품는다 운다

독일 프랑크푸르트 근교 한 숲 마을 내가 살던 옛 집이

현관문에 이르는 층계 입구에 보안 문이 달린 것 말고는

문밖 쓰레기통조차 그대로다

아침마다 이슬을 보석처럼 매달던 거실 앞

작은 나무만 훌쩍 자라 지붕 위로 솟고

길 건너 상가, 아들이 다니던 초등학교, 경찰서

성당, 교회, 길, 집들, 아파트들 그대로다

동네를 에워싼 거대한 고목들 꽉 찬

광활한 평지 숲도 그대로 있다

간간이 지나가는 사람들만 낯설다

동네 빈터에 몇 동의 아파트와 상가가 새로 섰다

안으로 들어갈 수 없는 옛 집 주변을 빙빙 돌고

동네를 서성이고 숲길을 배회하며

젊은 나, 남편, 두 어린 아들, 옛 친구들을 본다

내 추억을 안고 나를 끈질기게 기다린

변하지 않은 옛 집, 옛 길, 옛 숲

내 생애에 다시 못 볼

경이로운 기적에 잠겨

순간 30년 젊어진

나도 기적이다

숲 거울의 시학

맹문재

1.

차옥혜 시인이 제시한 '숲 거울'의 개념은 숲의 의미를 시문학으로 심화시키고 있기에 주목된다. 지금까지 숲을 제재로 삼고 노래한 시인들이 많았고 앞으로도 많겠지만, 차옥혜 시인은 그 누구보다도 본격적이고 집중적으로 노래했다. 숲을 단순히 제재로 삼은 것이 아니라 구체적으로 품어 숲의 의미를 새롭게 인식하는 계기를 마련해준 것은 물론 숲과 인간의 공동체적인 운명을 자각시킨 것이다.

시인은 시집의 서문에서 '숲 거울'의 근거를 "나는 오래전부터 작고 작은 숲 하나 낳아 길렀다. 그런데 어느 때부터인가 그 숲이 오히려 나를 기르기 시작했다. 숲은 나에게 때로는 어머니, 스승, 친구, 애인, 자식이 되어주기도 하고 나와 세계를 환히 비추어주기도 한다."라고 밝혔다. 자신이 낳아 기른 숲이 오히려 자신을 기르고 있다고 진단하고 이 세계를 환히 비추어주는 숲을 노래한 것이다.

인류는 자신의 생산물을 만드는 데 필요한 원료를 제공했을 뿐만 아니라 종교나 신화 및 설화를 낳은 데 지대한 역할을 한 숲을 파괴해왔다. 그리하여 사막화, 대기오염, 수질오염, 온실효과, 산성비 등이 증가했고, 생물의 종수는 감소하거나 멸종했다. 숲이 지금처럼 파괴된다면 인간의 문명이 지속될 수 없는 것은 분명하다. "지진, 바람, 홍수, 화산뿐이랴/생명끼리도 줄기차게 싸우며 죽이는 세상"(「나는 바보인가 봐」)이 될 것이다. 그러므로 숲을 인간을 지켜주는 최후의 보루로 삼고 따르고 있는 시인의 노래는 의미가 크다.

숲에 들면
내가 보인다
앞만 보이지 않고 뒤도 보인다
현실만 보이지 않고 과거도 미래도 보인다
현상만 보이지 않고 숨은 것도 보인다
죽은 목숨들의 영혼도 보인다
바위, 흙, 하늘, 구름, 바람, 계곡물의
마음도 보인다

세상을 등지려고 숲 거울에 든 그 사람은
자신을 에워싼 수백 송이 달맞이꽃이
밤새워 꽃 문을 여는 것을 보고
세상으로 돌아갔다

어떤 사람은 숲 거울에 비친 자신의 모습이
앞은 약한 짐승을 쫓는 맹수이고
뒤는 벼락 맞은 나무인 것을 보고
아예 숲 거울에 자리를 펴고 도인이 되었다

나는 숲 거울에서 지금 무엇을 보는가
앞은 더덕이고 뒤는 나비인 나
뿌리와 날개가 대지와 하늘이 맞서
안개가 낀다

— 「숲 거울」 전문

위의 작품의 화자는 "숲에 들면/내가 보인다"고 말한다. 지금
까지 보지 못했던 자신의 모습을, 다시 말해 이전에 보였던 것
과 달리 보이는 자신의 모습을 발견한 것이다. 그 모습은 "앞만
보이지 않고 뒤도 보"이는 것이고, "현실만 보이지 않고 과거도
미래도 보"이는 것이고, "현상만 보이지 않고 숨은 것도 보"이
는 것이다. 심지어 "죽은 목숨들의 영혼도 보"이고, "바위, 흙,
하늘, 구름, 바람, 계곡 물의 마음도 보"이는 것이다.

그리하여 지금까지 한쪽만 보며 살아왔는데 다른 쪽도 보게
된 화자는 보이는 쪽만 아니라 보이지 않는 쪽도 봐야겠다고 생
각한다. 현실만 보면서 살아왔는데 과거와 미래도 봐야겠다고,
현상만 보아왔는데 상상의 세계도 봐야겠다고, 영혼과 무생물
의 마음도 봐야겠다고 다짐한다. 그리하여 "숲"에 대해 이전과
는 다른 세계 인식을 갖는다. 마치 "자연의 신비와 우리의 느낌
이 만나 '아!' 또는 '오-메' 하는 순간이 신의 축복이고 삶의 절

정이고 우리가 이 세상에 태어나길 참 잘했다 싶은 감사의 시간"[1]을 갖는 것이다.

인간은 결코 독립적으로 존재할 수 없음을 깨달은 "사람"은 "세상을 등지려고 숲 거울에" 들었다가도 "자신을 에워싼 수백 송이 달맞이꽃이/밤새워 꽃 문을 여는 것을 보고/세상으로 돌아"왔다. 또한 "어떤 사람은 숲 거울에 비친 자신의 모습이/앞은 약한 짐승을 쫓는 맹수이고/뒤는 벼락 맞은 나무인 것을 보고/아예 숲 거울에 자리를 펴고 도인이 되었다". 모두 숲을 거울로 삼고 자신의 운명을 바꾼 것이다.

그에 비해 화자는 "나는 숲 거울에서 지금 무엇을 보는가"라고 묻고 있다. "숲"을 거울로 삼고 세속으로 되돌아온 "사람"이나 "도인"이 된 "사람"과 비교하고 있는 것이다. 다시 말해 "숲"을 따라야 한다는 것을 알면서도 실천하지 못하는 자신을 반성하고 있는 것이다. 화자의 마음에 "안개가 낀" 상황도 그와 같은 면을 나타낸다. 화자는 "앞은 더덕이고 뒤는 나비인 나"가 "뿌리와 날개가 대지와 하늘"에 동화되지 못하는 처지를 안타까워하고 있다. 달리 말하면 자신을 포장하지 않고 정직하게 인식하는 것이다. 그리하여 화자는 다시 숲을 바라본다.

2.

들이 울고 있구나

---

1 박완서, 『님이여, 그 숲을 떠나지 마오』, 여백, 1999, 138쪽.

숲이 울고 있구나

있다가 떠나버린 사람
왔다가 가버린 사람
꽃들만 남아
피고 있구나 지고 있구나
들과 숲의 노래
누가 들을까?
꽃들의 춤
누가 볼까?
들과 숲의 말
누가 전할까?

들이 울고 있구나
숲이 울고 있구나

— 「우는 들, 우는 숲」 전문

　과학기술의 발달로 문명사회가 진행될수록 "들이 울고" "숲이" 운다. "있다가 떠나버린 사람"이나 "왔다가 가버린 사람"이 늘어나고 있기 때문이다. 실제로 많은 사람들은 들이나 숲에서 살다가 도시로 주거지를 옮기고 있다. 도시는 많은 일터가 있을 뿐만 아니라 다양한 문화 시설과 질 높은 의료 시설이 마련되어 있다. 그리하여 사람들은 지나친 경쟁과 인간 소외와 갖가지 범죄와 부담되는 생활비와 오염된 공기와 물 등을 들면서 도시를 비판하지만 숲으로 돌아가지 않는다. 오히려 도시의 생활에 익숙해져 자신의 거주지를 떠나는 것을 두려워한다. 그리하여 "들과 숲의 노래"를 듣는 사람도, "꽃들의 춤"을 구경하는 사람도, "들과 숲의 말"을 전하는 사람도 거의 없다.

물론 사람이 숲에 드는 일이 바람직한 것만은 아니다. 가령 사람이 농경지를 확보하기 위해 개간하거나 땔감을 마련하거나 공장을 가동하거나 전쟁을 수행하려고 기지로 삼으면 숲은 파괴된다. 그렇지만 사람에 따라 숲은 달라질 수 있다. 가령 김탁환의 중편소설 「앵두의 시간」에 등장하는 '치숙' (癡叔) 같은 인물은 숲을 절대로 해치지 않고 오히려 살려낸다.

앵두나무 아래의 평상에 앉거나 엎드려 글을 쓰면서 "자, 봐라. 저 산과 나무와 풀들! 참으로 아름답지 않니? 골방에서 벽만 보고 글을 쓰면 내 문장에 최고란 착각이 들어. 하지만 여기 이렇게 앉으면 주위를 돌아보기만 해도 내 글이 얼마나 부족한지 깨닫지."[2]라고 겸손하게 글을 쓰는 치숙은 '검은 돛배'라고 불리는 집을 산봉우리 가까운 밤나무 위에 지었다. 나무와 한 몸인 집을 원해 줄기나 가지를 자르지 않고 판자에 구멍을 뚫고 지었다. 치숙은 대부분의 시간을 그곳에서 보냈는데 새들이 날아들어 발꿈치를 쪼기도 했다. 치숙은 그러면서 매일 앵두나무 백 그루 이상을 30년 동안 돌보았다. 그와 같은 정성이 있었기에 치숙은 항암 치료를 받아야 하는 처지인데도 불구하고 병원에서 빠져나와 농장의 앵두나무를 찾고는 함께해온 나무들과 일일이 포옹하며 고마움을 표했다. 치숙은 한 권의 소설도 간행하지 못했

---

2 김탁환, 「앵두의 시간」, 『제40회 이상문학상 작품집』, 문학사상, 2016, 163쪽.

지만 평생 자연과 함께 써왔기에 위대한 작가라고 볼 수 있다.

어느덧 "숲"은 생태맹(ecological illiteracy)인 사람들로부터 소외당한 채 "울고 있"다. 생태맹은 자연계나 생명현상에 대한 지식의 결여뿐만 아니라 자연과 교감할 수 있는 능력이나 감성의 결핍을 의미한다. 도시화가 진행되면서 인간과 자연의 거리는 점점 멀어져 인간이 천부적으로 지닌 생명현상에 대한 호기심이나 경외감이나 감성적 능력을 상실하고 있는 것이다.[3] 그리하여 숲에 대한 간섭과 파괴를 가져와 우리가 살아가는 이 세계는 울고 있다.

> 나는 지구에서 제일 먼저 해가 뜨는
> 태평양 적도 산호섬 나라 키리바시에 사는
> 다섯 아이의 엄마입니다
>
> 내 자식들을 우리나라 어린이들을
> 살려주세요 살려주세요
>
> 해수면이 높아져 우리 섬나라가 잠겨가요
> 없던 허리케인이 찾아와 집들을 쓸어가요
> 담수가 오염되고 농작물이 죽어가요
> 나무, 꽃, 새, 물고기처럼 살며
> 행복했던 우리 자식들이
> 목숨 붙일 땅이 사라져가요
>
> 이 모두가 당신네 가족과 이웃이

---

3 전영우, 『숲과 문화』, 북스힐, 2005, 60~64쪽.

편리하고 사치스러운 생활을 위해서
에너지를 낭비하고
숲을 없애며 쓰레기를 태우고
겨울을 따뜻하게 보내며
문명과 문화를 즐기면서
만들어낸 이산화탄소가
북극의 빙하를 녹여 생긴
기후변화 때문이라 합니다

제발 당신들의 행복을 위해
우리를 희생시키지 마세요

내 자식들을 우리나라 어린이들을
살려주세요 살려주세요
　　　　—「겨울이 있는 문명국 어머니들께」전문

　키리바시(Kiribati)는 오세아니아에 있는 섬나라로 일출이 세계에서 가장 빠른 국가이다. 1892년 영국의 보호령이 되어 길버트제도라고 불리다가 1979년 독립했다. 제2차 세계대전 중 미군과 일본군이 전쟁을 벌인 곳이기도 하다. 언어는 영어와 키리바시어를 공용어로 사용하고, 기독교가 주된 종교이다.

　키리바시의 가장 큰 문제는 미래에 국토가 잠길 가능성이 높다는 사실이다. 11만 명 정도의 인구가 살아가고 있는데, 지구온난화로 해수면이 높아지면서 수몰 위험에 직면해 있는 것이다. 그리하여 약 2,000킬로미터 떨어진 피지섬에 영토를 구입해

대규모의 이주 계획을 검토하는 상황이다. 지구의 기후변화에 따라 최전선에서 생존 투쟁을 벌이고 있는 것이다. 키리바시의 해발은 해수면보다 약 1.8미터 정도 높은 것에 불과해 지구온난화의 속도가 지금처럼 진행된다면 21세기 말에 국토가 침식당할 것으로 관측된다. 현재에도 연간 강우량이 감소해 주민들의 식수원인 지하수가 소금물로 바뀌고 있고, 파도가 육지로 범람하면서 경작지가 점점 줄어들고 있으며, 어획량이 감소하고 있다. 위험한 상황을 피해 주민들이 수도 타라와로 피난 오면서 인구 과밀, 물가 상승, 실업률 증가, 위생 시설 부족 등의 사회문제까지 대두되고 있다.[4]

위의 작품은 "태평양 적도 산호섬 나라 키리바시에 사는/다섯 아이의 엄마"를 통해 그곳이 얼마나 위험한지를 알리고 있다. 환경 변화로 "키리바시"는 "해수면이 높아져" "잠겨가"고, "없던 허리케인이 찾아와 집들을 쓸어가"고, "담수가 오염되고 농작물이 죽어가"고 있다. "나무, 꽃, 새, 물고기처럼 살며/행복했던 우리 자식들이/목숨 붙일 땅이 사라져가"는 것이다. 그리하여 작품의 화자는 "내 자식들을 우리나라 어린이들을/살려주세요 살려주세요"라고 호소한다.

"키리바시"의 "해수면이 높아"지는 이유는 "당신네 가족과 이웃이/편리하고 사치스러운 생활을 위해서/에너지를 낭비하"기

---

4 김현우, 「수몰 위기 키리바시 이주민 "기후난민 인정하라" 뉴질랜드서 전례 없는 소송」, 『한국일보』, 2015년 6월 29일(http://www.hankookilbo.com/v/9 87341e14d274bddaeb8a839cd8a0be0).

때문이다. 다시 말해 "숲을 없애며 쓰레기를 태우고", "문명과 문화를 즐기면서/만들어낸 이산화탄소가/북극의 빙하를 녹여 생긴/기후 변화 때문"이다. 따라서 "키리바시"의 주민들에게 작품의 화자는 미안함을 갖고 있다. 뿐만 아니라 "키리바시"의 환경 문제가 자신에게 부메랑으로 돌아올 것이기에 걱정도 한다. 그리하여 "다섯 아이의 엄마"가 "제발 당신들의 행복을 위해/우리를 희생시키지 마세요"라고 호소하는 목소리에 귀를 기울인다.

인간이 화석연료의 소비를 줄이지 않는다면 해수면이 상승해 "키리바시"는 사라지게 될 것이다. 화자는 그와 같은 큰 피해가 자신에게도 미칠 것을 알고 있다. "키리바시"가 직면한 문제는 곧 자신이 겪게 될 미래의 상황이라고 인지하는 것이다. 지구온난화로 해수면이 높아지면서 섬의 일부가 바닷물에 잠겨 국가 위기를 선포한 투발루(Tuvalu)의 경우도 마찬가지이다. 인간이 숲으로부터 멀어질수록 기후 난민이 될 수밖에 없다. 곧 숲과 가까워져야만 인간의 미래가 보장되는 것이다.

3.

인간과 숲이 가까워지기 위해서는 새로운 관계를 형성해야 한다. 인간과 숲이 이 세계를 구성하는 존재로서 서로 밀접하게 연결되어 있음을 자각하고 관계를 개선시켜나가야 하는 것이다. 따라서 인간 의식의 주변부로 밀려나 있는 숲을 중심부로 가져와야 한다. 인간 중심적인 자연관을 극복하고 서로의 생명력을 높여야 하는 것이다.

> 천년 숲 속을 걷고 걸으니
> 나는 천년 나무
> 광활한 초원을 바라보고 바라보니
> 나는 광활한 초원
>
> 숲과 초원이 기르는 아름다운
> 사람, 마을, 도시
> 사람이 가꾸는 아름다운
> 숲, 초원, 꽃밭
>
> 생명과 생명이 사랑으로 껴안는 곳
> 맑고 깨끗한 하늘과 땅이 눈 뜨는 곳
> 사람이 꽃이고 꽃이 사람인 곳
> 숲, 초원, 꽃의 나라
>
> 숲과 사람과 초원에
> 고이고 고이는 평화와 꿈
> 흐르고 흐르는 생명의 강
>
> —「숲에서 숲으로 초원에서 초원으로」 전문

"천년의 숲 속을 걷고 걸으니/나는 천년 나무"라는 화자의 노래는 결코 과장된 것이 아니다. "광활한 초원을 바라보고 바라보니/나는 광활한 초원"이라는 노래도 마찬가지이다. 아름다운 숲 속을 걸으면 아름다운 사람이 되고, 맑은 숲 속을 걸으면 맑은 사람이 된다. 고요한 숲 속을 걸으면 고요한 사람이 되고, 품위 있는 숲 속을 걸으면 품위 있는 사람이 된다. 고요한 숲 속에서 시끄럽게 행동하는 사람은 없고, 품격을 지닌 소나무 숲 속에서 경박하게 떠드는 사람은 없다. 결국 "사람이 가꾸는 아름다운/숲, 초원, 꽃밭"이 마련되면 "숲과 초원이 기르는 아름다운/사람, 마을, 도시" 역시 존재하는 것이다.

"숲"은 "생명과 생명이 사랑으로 껴안는 곳"이고, "맑고 깨끗한 하늘과 땅이 눈 뜨는 곳"이다. "사람이 꽃이고 꽃이 사람인곳"이기도 하다. 그와 같은 세상을 이루고자 하는 것이 화자의 희망이다. 우리의 의무이기도 하다. 생명을 중시하는 인간만이 "숲과 사람과 초원에/고이고 고이는 평화와 꿈"을 이룰 수 있고 "흐르고 흐르는 생명의 강"을 살릴 수 있는 것이다.

숲과 친밀한 관계를 가질수록 인간은 인간다워진다. 숲의 소리를 들을 수 있고 냄새를 맡을 수 있고 맛을 느낄 수 있고 색감을 체험할 수 있고 촉감을 느낄 수 있기에 숲다워지기도 한다. 인간과 숲이 서로 생명력을 낳는 관계가 형성되는 것이다.

새끼들을 지키기 위하여
무슨 짓을 못 하랴
만 개의 푸른 입으로
세상 먼지 다 삼켜
섬세한 천연 필터 폐로 걸러
맑고 신선한 공기 뿜어낸 허공에
새끼마다 몸에 꼭 맞는 집을 지어주고

그 집을 독으로 에워싸
어떤 짐승도 벌레도
내 새끼들을 넘보지 못한다
내 새끼들은
청정하고 평화로운 집에서
한 점 얼룩 없는
맑고 고운 초록 눈 뜨고
천년 미래를 꿈꾼다

알 수 없어라
기진맥진하다가도
자식들만 보면
푸릇푸릇 솟구치는 내 핏줄
———「애미 은행나무의 자부심」 전문

 "새끼들을 지키기 위하여/무슨 짓"이든 할 수 있다는 것이
"애미 은행나무"의 자세이다. 그리하여 "애미 은행나무"는 "만
개의 푸른 입으로/세상 먼지 다 삼"킨다. 그리고 "섬세한 천연
필터 폐로 걸러/맑고 신선한 공기 뿜어낸 허공에/새끼마다 몸에
꼭 맞는 집을 지어"준다. 또한 "그 집을 독으로 에워싸/어떤 짐
승도 벌레도" "새끼들을 넘보지 못"하게 한다. 그 결과 "새끼들
은/청정하고 평화로운 집에서" 안전하게 살아간다. "한 점 얼룩
없는/맑고 고운 초록 눈 뜨고/천년 미래를 꿈"꾸기도 한다.
 "애미 은행나무"의 "새끼들"에 대한 이와 같은 자세는 부모
가 자식에게 헌신하는 인간의 모습을 연상시킨다. "애미 은행나

무"가 자식을 사랑하는 것과 같은 본성이 인간에게도 있음이 확인되는 것이다. 그렇지만 숲으로부터 멀어진 인간은 점점 자식을 사랑하지 못한다. 다른 인간을 지배하고 학대하고 심지어 살해까지 하는 데서 보듯이 이기적으로 사랑할 뿐이다. 이렇듯 숲이 사라진 인간세계는 "둘러보고 둘러보아도/숨 막히는 어둠뿐"(「장님이 되라 하네」)이다. 따라서 다른 생명을 중시하듯 숲을 품어야 인간의 길을 열 수 있는 것이다.

4.

세상은 거대한 눈꽃입니다
길들은 모두 사라졌습니다
당신은 어디로 가십니까
푸른 보리밭과 생수가 솟구치는 울창한 삼나무 숲은
전설이 되었습니다
장 발장은 배고픈 조카들 때문에 또다시 빵 조각을 훔쳐
교도소에 재수감되고
한 무리의 사람들은 빵을 찾아 죽음일지도 모르는
눈산을 넘고 있습니다
어떤 이들은 폭설에 맞서 바리케이드를 쳤지만
얼어 죽었습니다
가엾은 사람들이 얼마나 더 눈꽃 속을 헤매다
죽어야 합니까
천년입니까 만년입니까
봄은 정녕 꿈꿀 수 없는 것입니까

햇살이 새싹의 볼을 어루만지는 벌판을
배고픈 이들을 위한 무료 빵 가게를
언제쯤 볼 수 있습니까
생명이고 사랑이고 평화고 희망이고 영원인 당신이시여
세상을 덮어버린 눈꽃에 길을 내시며 오소서
눈꽃을 헤쳐 언 손들을 잡아끌어 언 몸을 품어주소서
당신은 어디로 가십니까

——「쿠오 바디스 도미네」 전문

외경 사도행전 중에서 유명한 「베드로 행전」에 따르면 베드로
가 로마에서 정결한 생활을 설교하자 감명받은 많은 부인들이
부부 생활을 거부하는 일이 일어났다. 이에 로마의 집정관인 아
그리파 총독과 황제의 친구인 알비누스가 베드로에게 복수하려
고 나섰다. 죽음의 위협을 느낀 베드로는 신도들의 권유에 따라
변장하고 로마를 빠져나갔다. 그런데 도망가는 길에서 예수를
만났다. 베드로는 깜짝 놀라 "쿠오 바디스 도미네?"(Quo Vadis
Domine?), 즉 "당신은 어디로 가십니까"라고 물었다. 그러자 예
수는 "십자가에 못 박히려고 로마에 들어간다"고 대답했다. 베
드로는 믿기지 않아 "주님, 다시 십자가에 못 박히러 가신다는
말씀이십니까?" 하고 거듭 물었다. 예수는 그렇다고 대답했다.
그제야 베드로는 예수의 뜻을 깨닫고 기쁜 마음으로 로마로 돌
아갔다. 일찍이 예수는 베드로에게 "나를 따르라"(「요한복음」 21장
19장~23절)라고 말했는데, 그 일을 맞이해야 할 것을 알았기 때문
이다. 그리하여 베드로는 군인들에게 순순히 잡혔다. 베드로는

자신이 죄 많은 인간으로 태어났기에 십자가에 거꾸로 매달아 달라고 사형 집행인들에게 청했다. 그리고 감사의 기도를 바치고 순교했다.[5]

작품의 화자가 "쿠오 바디스 도미네"를 인유한 것은 자신이 처한 환경이 심각하다는 것을 나타낸다. "세상은 거대한 눈꽃"으로 뒤덮여 "길들은 모두 사라"지고 말았다. 눈꽃은 아름답거나 깨끗한 대상이 아니라 인간의 길을 지우는 암담하고 추운 상황을 상징한다. 화자는 "푸른 보리밭과 생수가 솟구치는 울창한 삼나무 숲"이 "전설이 되었"기 때문에 그와 같은 상황이 도래되었다고 진단한다. 자연 파괴로 인해 인간의 길이 사라졌다고 파악하는 것이다. 그리하여 화자는 "당신은 어디로 가십니까"라고 묻는다. '당신'은 우주를 창조한 신일 수 있고, 자연일 수도 있다. 어느 쪽이든 인간의 현재 상황을 감당하고 개선시킬 수 있는 존재이다.

"울창한 삼나무 숲"이 사라져 인간의 길이 보이지 않을 정도로 현재의 상황은 심각하다. "장 발장은 배고픈 조카들 때문에 또다시 빵 조각을 훔쳐/교도소에 재수감되고" 있고, "한 무리의 사람들은 빵을 찾아 죽음일지도 모르는/눈산을 넘고 있"다. "어떤 이들은 폭설에 맞서 바리케이드를 쳤지만/얼어 죽"고 만다. 그리하여 화자는 "가엾은 사람들이 얼마나 더 눈꽃 속을 헤매다/죽어야 합니까"라고 "당신"에게 묻는다. "천년입니까 만년입니까"라거나 "봄은 정녕 꿈꿀 수 없는 것입니까"라고 묻기도 한

---

5 송혜경 역주, 『신약 외경』(하권), 한남성서연구소, 2011, 129~131쪽.

다. 결국 "햇살이 새싹의 볼을 어루만지는 벌판을/배고픈 이들을 위한 무료 빵 가게를/언제쯤 볼 수 있습니까"라고 물으며 인간답게 살아갈 수 있는 세상을 희망하고 있는 것이다.

화자는 그와 같은 세상을 이루는 길을 알고 있는데, "당신은 어디로 가십니까"라는 베드로의 물음을 인유한 것에서 확인된다. 베드로는 기독교에 대한 박해를 피해 로마를 벗어나려고 하다가 예수의 말씀을 깨닫고 돌아와 순교했다. 작품의 화자 역시 베드로와 같은 길을 선택하려는 것이다. 다시 말해 "푸른 보리밭과 생수가 솟구치는 울창한 삼나무 숲"으로 되돌아가 되살리려고 하는 것이다. 그것이 궁극적으로 인간이 교도소에 가지 않고, 얼어 죽지 않고, 빵을 구하는 길이라고 생각한다. 그리하여 화자는 "생명이고 사랑이고 평화이고 희망이고 영원인 당신이시여/세상을 덮어버린 눈꽃에 길을 내시며 오소서/눈꽃을 헤쳐 언 손들을 잡아끌어 언 몸을 품어주소서"라고 기도한다. 자신이 추구하는 길이 이루어질 수 있도록 "당신"에게 호소하는 한편 그 길을 이루고자 자신에게 다짐하는 것이다.

"푸른 보리밭과 생수가 솟구치는 울창한 삼나무 숲"을 되살리면 "빵"을 구할 수 있다는 것은 결코 과장된 말이 아니다. 공상도 아니다. 숲은 분명 인간을 살리는 빵을 제공한다. 그와 같은 사실은 프랑스의 작가 장 지오노(Jean Giono)가 쓴 「나무를 심은 사람」(탁광일 옮김)[6]에서 여실하게 증명된다.

작품의 화자는 약 40년 전에 알프스의 높은 산간 지방에 하

---

6 전영우, 앞의 책, 338~348쪽.

이킹을 나섰다가 한 양치기를 만났다. 그의 이름은 '엘지에 부피에'였는데 아내와 외아들을 잃고 산 위에 올라와 살고 있었다. 화자는 그에게 물을 얻어 마신 뒤 그가 살아가는 방법이 신기해 이틀 동안 함께 지내며 살펴보았다. 그는 땅이 나무가 없어 죽어가는 것을 살려내려고 도토리를 심고 있었다. 화자는 그후 제1차 세계대전에 참전해 5년간 근무하느라고 그 양치기를 잊고 살았다. 그러다가 전역한 뒤 그가 떠올라 찾아갔는데, 참나무들이 자란 모습에 감동해 할 말을 잃었다. 물이 보이지 않던 산에 개울물이 흐르는 것도 보였다. 그 뒤 화자는 매년 양치기를 찾았다. 양치기는 자신이 하는 일에 낙담하거나 좌절하지 않고 꿋꿋하게 나무를 심고 있었다. 그렇게 그는 89세까지 심었다. 그 결과 처음 양치기를 만났을 때는 마을 주민들이 몇 가구밖에 되지 않았을 뿐만 아니라 서로 미워하고 싸웠는데, 어느덧 28명으로 늘어났고 생활도 활기차고 행복한 표정들이었다. 숲이 인간에게 빵을 마련해준 여실한 사례인 것이다.

지구에서 살아가는 모든 생명체는 우주의 질서를 따르고 있는데, 그중에서도 나무는 거울 같은 존재이다. 추운 겨울을 이기고 봄에 싹을 틔우고 꽃을 피우는 나무의 모습은 경이롭기 그지없다. "단풍 든 목숨의 빛이/찬란하고 아프"(「단풍 든 목숨의 빛」)듯이 열매를 맺은 뒤 가을에 잎을 떨어뜨리는 나무의 모습은 숭고하고도 아름답다. 태양과 달과 바람과 날씨의 질서가 나무들에 고스란히 들어 있는 것이다. 따라서 나무들이 모인 숲은 장엄하고 "천년을 꿈꾸는 소나무"(「폭설에 가지 찢겼어도」) 같은 생명력이 생성되기에 신성하다.

그렇지만 인간은 눈앞의 자기 이익만을 챙기느라 숲을 무너뜨리고 있다. 2016년 5월 10일, 영국 왕립식물원 큐(Kew) 가든이 발표한 '세계 식물 현황 2016' 보고서에 따르면 지구상에는 39만 900여 종의 식물이 살고 있는데, 5분의 1이 넘는 21%가 멸종 위기에 처해 있다. 멸종 위기의 식물 가운데 농경으로 인한 서식지 파괴로 위협당하는 식물이 31%로 가장 많고, 벌목과 같은 자원 활용(21%), 건설 등 개발 사업(13%) 등이 뒤를 이었다. 기후변화로 멸종 위기에 놓인 식물은 3.7%로 비교적 많지 않았다.[7] 결국 인간에 의한 파괴가 숲에 결정적인 피해를 주고 있는 것이다.

이와 같은 상황에서 차옥혜 시인이 제시한 '숲 거울'의 의미는 크고도 깊다. 숲이 어머니와 스승과 친구 등과 같고, 이 세계를 환하게 비추어주는 존재로 인식함으로써 숲과 인간이 공동체라는 운명을 자각시킨다. 또한 숲과 인간이 지닌 생명력, 사랑, 평화, 우주적 질서 등의 가치를 일깨워준다. 시인은 기도하는 마음으로 숲 거울을 들여다보고 있다. 숲을 거울로 삼고 인간이 궁극적으로 이르고자 하는 이상 세계를 지향하고 있는 것이다.

孟文在 | 문학평론가 · 안양대 교수

---

7 『엽합뉴스』, 2016년 5월 10일(http://www.yonhapnews.co.kr/bulletin/2016/05/10/0200000000AKR20160510101700009.HTML?input=1179m).